Máquinas
sentimentais
MATEUS ALVES

Máquinas sentimentais

Um texto

Dedicatória

Para a minha rainha.

"A civilização é, entre outras coisas, o processo pelo qual os rebanhos primitivos são transformados em uma analogia grosseira e mecânica das comunidades orgânicas de insetos sociais".

Aldous Huxley

Sumario

Capítulo 1

Quarenta anos se passaram desde a ultima vez em que Carlos pôs os olhos naquela casa. A casa onde passara toda a sua infância. A casa cuja calçada em suas lembranças sempre tão alta. A visão fora rápida, pois estava apenas olhando ali por acaso, estava correndo para ir para casa aproveitar o máximo seu tempo de descanso. Seus olhos ávidos, porém procurava abarcar tudo o que conseguisse levar no fundo das suas retinas e foi assim que ele conseguiu gravar em suas memórias os lugares por onde andou quando criança.

Um pequeno sorriso de canto de boca surgiu assim que o antigo lugar onde armazenava cachaça em barris apareceu em sua frente, chegava a sentir entrando-lhe pelas narinas o cheiro da cana apodrecida que a cachaça deixava no ar. Aquele cheiro adocicado que por muitos anos o perseguiu fazendo relembrar momentos da sua infância.

Hoje, Outubro de 2054. Setenta e sete anos ele se enforcou com uma corda improvisada.

*

Carlos foi o quarto caso de suicídio esse mês no meu bairro. Esse é o efeito colateral mais grave do uso do F2054, mas além desse há outros como náuseas, vômitos, tonturas. A dor no peito causada pela dose de adrenalina que é injetada na corrente sanguínea é praticamente insuportável.

Uma vez organizaram um protesto contra o seu uso na frente da fabrica de alimentos do setor leste, mas a repressão policial foi avassaladora. Estima-se que das quinhentas pessoas presentes no protesto, duzentos morreram na repressão e todas as outras que sobreviveram foram enviadas para campos de trabalhos forçados que desde o final da terceira guerra mundial é um pena perpétua.

O F2054 é um pequeno dispositivo que instalado no braço esquerdo de cada cidadão a partir dos quatorze anos. Ele fica entre o Rádio e a Ulna, então não é possível remove-lo sem uma intervenção cirúrgica. A cada duas horas ele injeta uma dose de adrenalina direto na corrente sanguínea fazendo com que o cansaço e a fadiga simplesmente desapareçam claro que isso causa uma serie de outros problemas na saúde, mas desde o final da guerra seu uso é obrigatório e o estado adotou o lema "Aumente sua produtividade e salve a humanidade.

Dito isso, melhor eu ir logo para o trabalho na fabrica de munições. Tenho minha parcela de culpa por não ter separado o lixo ou ter tomando banhos demorados. Às vezes me pego pensando. Quantas horas de banho são necessárias para ter o mesmo impacto ambiental de uma arma nuclear?

<u>Fábrica de munições setor oeste</u>

Trabalho em uma fabrica de munições que fica na parte oeste, anteriormente chamada de Sucre na antiga Bolívia.

Ao final da terceira grande guerra mundial quase toda parte sul das Américas foi destruída. O que restou reuniu-se em um grande bloco chamado Estados Unidos do Brasil a capital escolhida Brasília. Essa nova configuração territorial das Américas foi parte do acordo realizado com os russos e os chineses vencedores da guerra.

A parte norte e central das Américas agora estão divididas entre os vencedores. O norte ficou toda com a China e a parte central com a Rússia exceto Cuba que permaneceu independente. A parte sul ficou sobre o controle das duas super potencias e rebatizada de Estados unidos do Brasil. Meu lar. Nossa região em teoria é responsável por reconstruir o mundo. Desde então fui designado pelo estado para trabalhar em uma fábrica de munições. Temos que entregar uma cota diária de trezentas mil unidades de munições para fuzil. Acho incoerente ser tecnicamente responsável pela reconstrução do mundo e trabalhar em uma nova corrida armamentista. Temos inúmeros desafios no pós guerra nuclear para nos preocupar, mas devido à queda do monopólio imperial americano e o controle total do território europeu, outros países começaram a despontar no cenário internacional como a África do sul, Índia e Austrália.

Minha fábrica opera especificamente com munições para fuzil, mas há outras designadas para as mais variadas atividades, porém a grande maioria de armamentos. Gostaria de ser transferido para a de alimentos, talvez eu conseguisse roubar um pouco de comida, sei dos riscos, mas tenho fome.

A guerra reduziu a força de trabalho no mundo em 79% sendo que 50% dela somente nos três primeiros meses de conflito quando foram usados os armamentos nucleares. Hoje, trabalhamos cerca de 20 horas por dia a depender da fábrica, preparando o mundo para novas guerras. Uma contradição típica dos seres humanos. Alcançar um desenvolvimento intelectual suficiente para suprir habilidades não naturais a nossa espécie e usar isso para autodestruição.

Nós seres humanos somos o vírus desse planeta.

A primeira imagem que me deparo quando cheguei a fabrica hoje para o expediente foi do meu amigo Paulo deitado no chão com movimentos espasmódicos, seus olhos estavam esbugalhados como quem está em estado catatônico. Ele acabou de receber uma dose de adrenalina na corrente sanguínea com o F2054. Os demais continuam suas atividades normalmente acostumados com a cena. É comum ver alguém tremendo no chão como um rabo quando arrancado de uma lagartixa. Essa dose de adrenalina é injetada a cada duas horas no sangue para que a produtividade do operário não caia.

Paulo é um senhor quase na terceira idade, com os cabelos totalmente brancos. Tem rugas no rosto com olhos tristes e cansados. O desgaste do trabalho o fez ter uma aparecia pelo menos dez anos mais velho do que a biológica.

– Paulo, você está bem? – perguntei para o pobre operário que ainda estava no chão.

– Estou bem, Wilson, mas hoje me pareceu um pouco mais forte – Respondeu levantando-se com dificuldade do chão.

– Vai ver está trabalhando pouco. – Todos os presentes riram e ele levantou o dedo médio em minha direção.

– Vamos lá cara. Terminar o quanto antes isso aqui e dar o fora. – Disse-lhe baixinho entregando para ele uma barra de cereal que trazia comigo no bolso. Iria me fazer uma falta inimaginável até o final do expediente, mas claramente ele necessitava engolir algo.

– Não consigo. Meu enjôo está cada dia pior, não me lembro a ultima vez que comi.

– É por isso que a adrenalina está te matando desgraça! – Cléber o mais educado do nosso grupo aproximou-se e praticamente enfiou a barra de cereais na boca do Paulo.

– Espere Cléber. Dessa forma vai me matar é sufocado.

Cléber é o chamado "parrudo" por natureza mesmo com a má alimentação e a falta de descanso, sua condição física continua invejável. Seus braços são grossos e largos como troncos. Apesar de bastante mal educado e rude, alcunha que ele não gostava. Preferia se definir como um homem prático é uma pessoa admirável. Foi combatente na Europa durante a guerra e só Deus para saber os horrores que ele presenciou e ainda sim, mantinha-se otimista. Tentava cuidar da saúde mesmo de maneira precária.

– Você precisa estar com a saúde física e mental em dia ou não vai viver muito – Disse ainda insistindo com a barra de cereal.

– Sei disso, mas tenho cinqüenta e seis anos e trabalho vinte horas por dia. Simplesmente não agüento mais.

– Agüenta sim seu velho maldito. Ainda o verei sentado em uma cadeira de corda sem camisa fumando um cigarrinho e ouvindo Rolling Stones.

– Vai nos tirar daqui? – Paulo tentou sorrir para parecer simpático.

– Claro que sim! Acha que vou sobreviver a uma guerra na Europa e passar o restante da vida que me sobrou enfiando pólvora em um tubo para esses malditos russos de olhos azuis? Eu, você um velho lascado e o bonitão ali dos cereais. Nós vamos sair daqui.

Fiquei observando um pouco o debate dos dois. Os olhos alegres e otimistas do Cléber, contrastando com os olhos deprimidos e cansados do Paulo e só pude pensar em duas coisas.

Se o Cléber não for assassinado, será enviado para um campo de trabalhos forçados. Provavelmente na Sibéria, que é o mesmo que ser assassinado. Paulo vai cometer suicídio. O que será que vai acontecer comigo?

– Vocês enlouqueceram porra? – Martha a ultima integrante do nosso pequeno grupo de amigos, disse daquela maneira que falamos quando queremos ser ríspidos, mas não podemos falar alto.

– Não vão conseguir entregar a cota desse jeito!

Martha é uma mulher formidável, têm aproximadamente de 1,68 m de altura, ombros largos, braços fortes. Não sei qual é a sua idade, mas aparenta ter entre 30 e 35 anos, seus cabelos eram negros como carvão na altura dos ombros, mas estavam quase sempre amarrados por praticidade.

A maior parte das pessoas nesses tempos sombrios que vivemos é franzina com aparência fraca e doente, mas Martha visivelmente está bem nutrida. As más línguas da fábrica especulam que ela recebe uma porção de comida maior quinzenal. Ela nega veementemente e diz que é apenas genética que a mantém com a saúde de ferro. Já cogitei a possibilidade dela manter uma pequena plantação em casa, é terminantemente proibido e logo descartei essa possibilidade. Fora às vinte horas de trabalho diárias o que significa impressionantes cento e quarenta horas semanais só dispõe de quatro horas diárias livres para todos os nossos afazeres. Deslocamento para o trabalho, higiene, alimentação e descanso. Nem preciso mencionar que com esse tempo todo disponível nosso lazer é dormir. É humanamente impossível praticar atividade física e ainda manter uma plantação.

– Sabemos disso Martha, mas o velho está morrendo – Cléber disse com a ingenuidade de quem foi descoberto trapaceando em um jogo de cartas.

– Ok. Ele morre e vocês dois tem a porção reduzida por não entregar a cota e após isso é Sibéria e em seguida terra na cara.

– Na verdade se estivermos na Sibéria, seria neve na cara. – Paulo disse e deu aquele sorriso simpático comum a todos os velhos. Todos riram automaticamente e voltamos para o trabalho.

*

Martha estava certa quanto à cota diária. Carlos se enforcou por conta disso. Não foi capaz de entregar a cota e teve a porção de alimentos reduzida em 50% à desnutrição e o cansaço foi como uma bomba relógio em sua cabeça.

Estou visivelmente atrasado com o trabalho de hoje. Qualquer minuto de conversa pode ser fatal, mas simplesmente não consigo tirar o Paulo da cabeça. Não importa se aconteceu ou pode acontecer uma guerra. Nada justifica a exploração de uma pessoa na idade dele e guerra por guerra, tenho certeza que os Russos e os

Chineses estão levando uma vida satisfatória. È o espolio dos vencedores a meritocracia da bala.

– Ei, Wilson. Preciso falar com você. – Martha aproximou-se com um cesto de projeteis vazio.

– Mas foi você que disse para parar de tagarelar.

– Vai querer sentar no parque e tomar um sorvete enquanto conversamos sobre o tempo ou algum livro? Apenas continue trabalhando e ouça com atenção. – Seria ótimo conversar no parque, pensei.

– Tudo bem, o que foi? - Perguntei coletando imediatamente a cesta de suas mãos e dando seqüência ao trabalho.

– Precisamos fazer mais que a nossa cota hoje.

– Ficou maluca? Já é extenuante conseguir a cota que é obrigatória. Quer entrar para o time dos inspetores?

Os inspetores eram trabalhadores escravos como nós, mas tinham o "beneficio" de trabalhar somente quinze horas por dia. Há ao menos cinco inspetores por fábrica e como eles entram em horários alternados sempre havia alguns nos vigiando. Nas fábricas de alimentos são dez inspetores para evitar o roubo.

– Não é isso. Eu quero que os inspetores se fodam. Olhe para o Paulo, claramente ele não conseguira atingir a meta. Se reduzirem a porção de alimentos não vai sobreviver mais uma semana.

A cada quinze dias recebemos em casa uma porção de alimentos do estado. É nosso "salário".

- 1 kg de batatas.
- 500g de milho.
- 7 barras de cereais.
- 1 litro de leite.
- 1 dúzia de ovos.
- 1L de álcool.
- 1 barra de sabão.

Algumas batatas e cenouras que não tinha um padrão de peso às vezes vinham uma ou duas de cada e outras não vinha nada. Não sei exatamente o porquê, mas também muito esporadicamente recebíamos trigo. Com isso, sobrevivemos por quinze dias.

Além disso, tínhamos energia elétrica por quarenta e cinco minutos por dia e nossas casas eram equipadas com uma caixa d'água de mil litros, reabastecida a cada trinta dias. Não chega nem perto da quantidade necessária para uma pessoa adulta, então é algo mais que racionamos o máximo.

O que eu chamo de casa, na verdade é apenas um cubículo com um banheiro e 2^2m de área externa disponível que com sorte, ficaria na parte de trás da casa. Todos cozinhamos com espiriteiras o que com freqüência causa acidentes, não é incomum pessoas incendiarem a casa.

Essas micro casas individuais foram a solução do estado para moradia, pois a guerra praticamente destruiu toda a infra estrutura de muitos países. As pessoas que eram autorizadas a ter filhos habitavam em casas ligeiramente maiores, mas nunca cheguei a ver nenhuma.

Olhei para o lado e pude perceber o motivo da preocupação da Martha. Paulo estava extremamente abatido com movimentos letárgicos e expressão facial que denunciava dor. Próximo a ele em uma escada que dava acesso para fora da sala da inspeção um dos inspetores que nós chamávamos de cara de rato, pois tinha a boca e o nariz pequenos em relação ao restante do rosto, estava com uma prancheta nas mãos olhando fixamente para Paulo enquanto fazia anotações.

– O cara de rato vai entregar ele. – Falei a Martha, consternado com aquela situação.

– Se ele entregar a cota toda dele hoje talvez não. Eles não se importam com o seu estado. Físico ou emocional. O importante é que o trabalho seja feito. Então, mexa-se! Vamos trabalhar mais hoje para complementar a cota dele secretamente.

– Claro. Talvez isso seja possível com algum esforço extra hoje. Mas, e amanhã e os outros dias? Não demora muito e nesse ritmo vamos adoecer como ele.

– Uma coisa de cada vez Wilson. Melhore a sua produtividade hoje. Eu tenho um plano. – Disse enquanto olhava com um sorriso de canto de boca para Cléber, que devolveu o olhar com uma piscadela.

– Ai, meu deus! Vocês estão planejando algo escondido sem me avisar?

– Relaxa.

– Claro. Agora estou bem melhor, porque não me pediu isso antes? Não sei como vou conseguir, mas vou ter que produzir mais hoje e salvar um amigo e depois de salva-lo vamos ser enviados para a Sibéria, porque outros dois amigos malucos vão dar um jeito de matar todos nós.

Ela apenas sorriu e continuou preenchendo as cápsulas de bronze com movimentos surpreendentemente cadenciados.

– Me responda apenas uma coisa Martha. É por isso que você o Cléber estão bem assim fisicamente? Veja bem, eu fico muito feliz em perceber que estão bem de saúde, mas é estranho uma vez que praticamente toda a população está desnutrida.

– Sim, tem relação. Agora cale essa boca e mão na massa, nada disso terá importância se não conseguir salvar o Paulo.

Nada mais disse após isso. Apenas, acelerei o máximo que meu corpo permitiu.

A cada injeção de adrenalina eu olhava para o Paulo. Ele agüentava estoicamente cada injeção. Segurava na bancada de trabalho até o tremor físico passar. Às vezes agachava e tentava recuperar o fôlego, passava as mãos no rosto e chorava. Ele estava lutando pela vida dele. Porém, na terceira injeção ele simplesmente não agüentou. Tentou segurar novamente na bancada enquanto o tremor atingia seu corpo, mas não teve força suficiente para agüentar e caiu no chão de maneira bastante preocupante enquanto soltava um pequeno ruído esganado e um fio de sangue escorria pelo nariz.

Todos na fábrica passaram por ele dando seqüência a suas próprias preocupações com se realmente não estivesse acontecendo nada incomum. Estavam tão acostumados com a cena que chegavam ao absurdo de simplesmente saltar por cima do corpo do pobre operário para não atrasar suas produções.

Não acho que todos aqui são totalmente insensíveis ao ponto de literalmente não se importarem uns com os outros. O fato é que já se deram conta que o destino de 99% dos que estão aqui será esse. Minguar aos poucos até a morte de excesso de trabalho e desnutrição ou coisa pior, ser banido para campos de trabalhos forçados onde a expectativa é de apenas quarenta e cinco dias. Imagino que todos gostariam que Paulo estivesse bem, forte e saudável. Talvez tomando aquele sorvete no parque ou quem sabe com tempo suficiente para qualquer outra atividade de lazer. Como ler um livro, mas nos tempos atuais um trabalhador fraco e improdutivo não tem serventia e o planeta não pode arcar com esse custo.

Martha socorreu-lhe e limpou o sangue em seu nariz. Aproveitando o momento para inserir algo no bolso dele que não pude ver.

As 14h temos uma pausa de exatos quinze minutos. A única do expediente de vinte horas. Usamos esse período para o banheiro quem precisar é claro e comer uma barra de cereais fornecida pela empresa.

Reunimo-nos em um canto da fábrica. Eu, Martha, Cléber e Paulo. Imaginei que dessa vez eu receberia alguma informação do plano mirabolante que eles estão tramando.

Paulo inseriu a mão no bolso do uniforme e percebeu que nele havia a barra de cereal da Martha. Ele olhou incrédulo para ela, mas nada disse. Cléber aproximou-se e entregou a dele também.

– Vamos, entre a sua Wilson. Precisamos ser rápidos aqui. – Cléber disse enquanto já estava me apalpando procurando a barra nos bolsos do meu uniforme.

Eu estava morrendo de fome, mas não resisti em entregar a ele. Eu havia trazido uma de casa que dei hoje de manhã para o Paulo e estava contando com essa da empresa para me agüentar em pé até retornar para casa.

– Você tem três minutos para comer todo esse cereal Paulo. Os doze minutos restantes você vai usar para dormir. – Ela disse a ele em um tom quase militar. Ele apenas começou a devorar a barra enquanto chorava. Não se era medo ou alegria.

– Wilson? – Martha me chamou com um pouco mais de ênfase o que me fez olhar para ela com uma casa infantil assustada. Imaginei que receberia alguma ordem.

– Só abra essa merda quando a sirene tocar e você sair fora daqui. Agora volte ao trabalho. – Ela me entregou um bilhete e logo em seguida me repreendeu.

– Martha, eu não tenho como voltar ao trabalho agora. Ainda tenho alguns minutos da pausa e preciso usar o banheiro.

– Se não for nada mais urgente, faça na roupa mesmo. Esses minutos são preciosos.

Honestamente fiquei sem reação a resposta dela. Olhei para o Paulo e percebi que ela já estava deitado em um canto descansando conforme Martha orientou e aparentemente seu rosto já estava com mais cor. Incrível, há três minutos eu achava que ele não sobreviveria até o final da semana. O mínimo de esperança para o povo trabalhador já é suficiente para mudar seu estado de espírito.

Próximo a ele Cléber já estava trabalhando muito concentrado e com movimentos incrivelmente ágeis. A perna esquerda de sua calça estava úmida.

Perceber eles assim totalmente focados em sair dessa situação ascendeu em mim um pequena chama de esperança. Era tolo, ingênuo e perigosamente infantil, mas se nos mantivermos unidos há uma pequena possibilidade de dar certo. Seja lá o que eles tenham em mente.

– Vamos porra! Martha me olhava com uma cara que assustaria inclusive os Russos.

– Ok. Estou indo. Caminhei de volta a minha bancada de trabalho muito melhor do que estava quando cheguei.

Quando finalmente tocou a sirene para termino do expediente, meus braços estavam doendo e minhas pernas tremendo. Tinha fome como nunca antes na minha vida.

Todos começaram a caminhar em direção á saída. Nesse momento em geral quase todo mundo sai arrastando as pernas, alguns choram outros mancam e uns desmaiam.

Roberto, um sujeito que provavelmente aspirava à condição de inspetor aproximou-se.

– Mandou bem hoje Wilson.

– Obrigado Roberto. Que bom que todos conseguimos a cota hoje.

– Sim, precisamos ajudar o planeta não é mesmo?

Roberto é um baixinho calvo com cara de contador. Não faço idéia do que ele fazia antes disso tudo, mas simplesmente não confio nele.

– É verdade.

– Achei o Paulo meio abatido hoje. - Ele disse como se ainda estivéssemos no passado e o seu amigo de trabalho apenas teve uma noite ruim ou estava abatido por conta de um resfriado.

– Ele está bem, talvez só com uma indisposição. Afinal, ele já tem sessenta anos.

– Não me parece estar bem sangrar pelo nariz e percebi que você e seus amigos foram ajudá-lo.

O desgraçado estava literalmente me vigiando. Melhor, vigiando a todos nós. Impressionante nem uma guerra nuclear fora capaz de desfazer a vontade do ser humano de ser intrometido.

– Se fosse você eu teria feito o mesmo Roberto. Você não?

– Claro que sim, temos que nos ajudar não é mesmo?

Esse filho da puta adorava responder uma pergunta com outra, sempre com aquele ar sarcástico. Como quem diz: sei o que estão fazendo e vou chantageá-los.

– Sim, Roberto. Precisamos nos ajudar. Agora preciso ir.

– Certo você tem razão. Temos pouquíssimo tempo para descansar. Espero que o Paulo esteja bem para o trabalho amanhã.

Eu espero que você morra sufocado com a própria língua, intrometido do inferno! Pensei comigo mesmo, mas o risco de saber que ele estava com olhos na gente o dia inteiro já era grande demais para aumentar.

– Ele já está bem. Até amanhã.

Ele apenas fez um pequeno sinal com a cabeça, sempre com aquele sorrisinho sarcástico que me faz ter vontade de arrancar todos os dentes dele com uma pancada só. Deu as costas e foi embora.

Esperei ele se afastar um pouco e comecei a andar para não levantar suspeitas. Caminhei em direção a minha casa com uma das mãos no bolso segurando o bilhete que Martha havia me entregado durante o expediente. Minha angustia e ansiedade para ler o papel já estava me deixando maluco. Olhei umas quarenta vezes para trás com a nítida sensação que estava sendo seguido. Por mais que seja obvio que Roberto ainda não contou nada para os russos, afinal, ele não poderia saber do que se tratava. Nem eu sei. Ainda tinha aquela sensação de ser perseguido. Seria idiota da parte dele me seguir, pois apenas desperdiçaria seu tempo de descanso.

Quando me senti seguro que não havia ninguém por perto tomei coração para tirar o bilhete do bolso. O céu noturno estava tranqüilo e sem nuvens e por quilômetros nada passava nessa estrada na direção ao meu complexo residencial.

No pequeno papel amassado em letras minúsculas de criança estava escrito.

"Terminando o expediente, vá para a minha casa. Rasgue esse papel e não faça perguntas, todos estarão lá. Explicarei tudo."

M

Capitulo 2

Em 31 de Dezembro do longínquo ano de 2019 a Organização mundial da Saúde (OMS) foi alertada sobre vários casos de pneumonia na cidade de Wuhan, província de Hubei, na república popular da China. Tratava-se de uma nova cepa de corona vírus que não havia sido identificada antes em seres humanos.

Uma semana depois, em 7 de Janeiro de 2020, as autoridades chinesas confirmaram que haviam identificado um novo tipo de corona vírus.

O Corona vírus é uma grande família viral, conhecidos desde meados dos anos 60 e causam infecções respiratórias em animais e seres humanos, mas para muitos essa nova cepa descoberta na China foi o inicio do que hoje chamamos de apocalipse.

A tese mais aceita na época dizia que o vírus passou de um morcego para um mamífero intermediário, e dele para o ser humano. A transmissão de um morcego diretamente para um ser humano era improvável, mas não foi descartada.

A verdade é que em pouquíssimo tempo a doença se espalhou no mundo inteiro. Colapsando sistemas de saúde, destruindo economias e dizimando milhões de vidas.

Alguns governantes foram muito eficientes no combate a pandemia, outros nem tanto e certos governos agiram de maneira premeditada contra a própria população, uma coisa que deixou claro para esse período em muitos países é que o estado precisa ser forte e o sistema de saúde universal e gratuito, visto que em países onde é responsabilidade da iniciativa privada gerir o sistema de saúde os resultados foram catastróficos.

A pandemia do coronavirus possivelmente influenciou a geopolítica do mundo. Foi possível perceber após o controle da doença com a criação das vacinas em tempo recorde o crescimento de estados progressistas na America do sul e leste europeu, mas também o fortalecimento da extrema direita na America do norte e em alguns países europeu, além claro de estados totalitários já existentes na África e Oriente médio.

As cordas das tensões da geopolítica sempre foram muito esticadas desde que o mundo é mundo, mas parcialmente controladas através da diplomacia e de nações com mais poder bélico, principalmente as potencias nucleares e assim o mundo seguiu sem grandes conflitos desde o final da segunda guerra mundial em 1945 e a derrota nazista e japonesa, porém aquele verme da autodestruição presentes nos intestinos dos seres humanos voltou a se ouriçar e em Fevereiro de 2022 os russos com o pretexto mais inócuo que se já ouviu falar atacaram os ucranianos.

O mundo estava começando a voltar à normalidade ou que chamávamos na época de o novo normal, ainda com as economias fragilizadas pela pandemia voltaram a colapsar.

As sanções econômicas impostas pelo mundo ocidental liderado pelos Estados Unidos, a disparada do preço do barril de petróleo a escassez de gás natural e alimentos principalmente na Europa acelerou esse processo de colapso. Porém dois fatores foram extremamente importantes nesse período e um deles acabou sendo determinante para a configuração atual do mundo.

As investigações sobre a origem do coronavirus continuaram e o que era improvável acabou se confirmado.

Uma cepa já conhecida do vírus foi modificada em laboratório pelos chineses. Supostamente com o intuito de usá-la de maneira controlada na província de Taiwan considerada rebelde pelos chineses. A idéia era isolar a ilha do restante do mundo até enfraquecer totalmente sua economia, causando um estado de calamidade. Quando milhares morressem da doença ou de fome devido ao isolamento, haveria uma "intervenção" chinesa para que a doença não se espalhasse para o mundo inteiro causando uma pandemia e dessa forma eles teriam novamente o controle da ilha sem a necessidade de um conflito armado.

Todas essas informações foram documentadas por um cientista dissidente chinês que fugiu para a Coréia do sul e posteriormente para os Estados unidos. A china é claro negou todas as acusações quando o conselho de segurança da ONU foi acionado e acusou os Estados Unidos de querer gerar instabilidades na região por conta da criação da nova rota da seda, que faria com que a economia Chinesa ultrapassasse a americana por volta de 2030.

Os Estados Unidos em um acordo militar inédito com Taiwan enviou dois porta aviões e 14 navios de guerra para o pacifico, além de 50 mil soldados que ficaram estacionados na Coréia do sul. A Coréia do Norte acusou os Estados Unidos de ameaçarem sua soberania e realizou dois testes com mísseis intercontinentais em apenas quinze dias, além de convocar 300 mil soldados da reserva para treinamentos militares. A china passou a fazer exercícios militares de larga escala e em alguns casos específicos chegou a utilizar cerca de 500 mil soldados no treinamento, alem de 439 tanques. 1.958 veículos blindados. 136 veículos de artilharia com propulsão própria. 536 itens de artilharia rebocáveis uma clara provocação aos 50 mil soldados americanos estacionados na Coréia do sul.

A união européia anunciou o maior pacote de gastos militares da historia, somados todos os países dessa aliança para defesa a quantia de investimentos ultrapassa a marca de 1 trilhão de euros. Com destaque para os investimentos da Inglaterra e França.

O cenário para uma guerra generalizada estava desenhado, até que o disparo em Francisco Ferdnando do século XXI foi disparado.

Enquanto as tensões na península coreana aumentavam, juntamente com a guerra de narrativas entre união européia e Estados Unidos contra a China, a Rússia permanecia firme no ataque a Ucrânia e bombardeava o pais dia após dia nos últimos 10 meses, inclusive anexando parte do território ucraniano como Donets'k, Luhansk, Kherson e Zaporizhzhia.

Uma das narrativas russas para a chamada "operação especial" e iniciar a campanha de guerra foi a desnazificação da Ucrânia e claro impedi-la de entrar para a OTAN (Organização do Tratado do Atlântico Norte), pois poderia armar as fronteiras russas com armas nucleares. Todos os países do mundo foram repetidas vezes alertados para grupos neonazistas na Ucrânia e uma possível retaliação nuclear que sofreriam em caso de ataques contra o território russo.

Em 23 de Dezembro de 2022 o batalhão de Azov, grupo neonazista ligado a extrema direita ucraniana, invadiu por terra o território russo, contrariando as recomendações do próprio exercito nacional e debochando das ameaças dos russos ao viralizar vídeos de civis russos nus amarrados em postes.

Sete dias depois da divulgação dos vídeos pelo batalhão de Azov, Kiev desapareceu do mapa. Uma bomba nuclear de larga escala foi utilizada varrendo a cidade do mapa e junto com ela mais de 2 milhões de ucranianos.

O segundo fator importante desse período ocorreu na Índia, mais precisamente em Mumbaim.

Um estudante indiano de apenas 23 anos chamado Kabir Sayad, entregou no instituto de pesquisa científica Indira Gandhi seu estudo intitulado "Estímulos neurais e o combate a fadiga". Garoto prodígio ganhou todas as honrarias do instituto de pesquisa. Foi considerado brilhante e revolucionário, porém, o desenvolvimento da sua tese foi interrompido pela escalada da guerra, após o uso de armas nucleares depois de mais de setenta anos de Nagazaki, mas em 2036 foi retomado pelos chineses. O brilhante Sayad não imaginou que seus estudos que a época tinha a pretensiosa intenção que todos os jovens têm de mudar o mundo para melhor, acabaria se tornando o F2054, hoje instalada no meu braço esquerdo. No braço esquerdo de milhares de trabalhadores do lado perdedor da guerra. O equipamento que ceifou a vida de muitos tanto pelos seus efeitos colaterais, quanto por suicídio.

O brilhante Sayad e seus estudos revolucionários deram origem ao equipamento que matou meu amigo Paulo.

*

Seguindo as orientações de Martha, rasguei o bilhete que ela escreveu e após o expediente me esquivei das investidas do Roberto e mudei a direção do meu trajeto e fui para sua casa.

A primeira coisa que notei foi que no caminho para a sua casa era consideravelmente curto em relação a minha casa e dos demais da fábrica. Calculei que se ela utilizasse bem, poderia ter entre trinta e quarenta e cinco minutos a mais de descanso. Parece pouco, mas faz uma diferença enorme durante o dia.

Outra coisa que pude perceber é que da curta e quase deserta estrada em direção a sua casa é possível ter uma boa visibilidade do chamado Lar dos zumbis. Um grande complexo residencial construído para abrigar aqueles que ficam doentes e não podem mais trabalhar.

A impressão geral no inicio é que os doentes seriam encaminhados a esse complexo para receber tratamento médico.

Um erro grotesco e ingênuo, porque na verdade os doentes são literalmente despejados para morrerem, somente chineses, russos e em alguns casos cubanos recebem tratamento médico adequado quando necessitam nas Américas. Pessoas de outras nacionalidades precisam de uma autorização especial do estado e somente em alguns casos específicos de tratamento. Normalmente as pessoas que possuem alguma formação estratégica para o estado como engenheiros e médicos.

O lar dos zumbis é literalmente considerado o inferno para todos nós. Se adoecermos somos literalmente esquecidos nesse complexo para nossa própria sorte. Caso um milagre aconteça a cada 30 dias você pode pedir uma avaliação para retorno ao trabalho. Não conheço ninguém que tenha conseguido tal feito, pelo contrario, essas pessoas não estão trabalhando e por conseqüência não recebem o pacato de alimentos quinzenal. Sem medicação, sem alimentos e sequer um local adequado e limpo para se tratar é impossível alguém se recuperar de uma simples gripe que seja. Os trabalhadores da fábrica dizem que no lar dos zumbis há canibalismo, não há como confirmar a informação, mas não duvido.

Quando cheguei à casa da Martha tive uma surpresa daquelas de enfraquecer as pernas.

Cléber e Paulo estavam em um canto da casa de Martha, devorando um prato de comida muito grande. Havia tomates, feijão e o mais impressionante, tinha proteína. O cheiro avassalador que me avassalador que me assaltou assim que ultrapassei a porta de entrada não me deixou duvida alguma. Eles estavam comendo alguma ave.

– Mas que porra é essa, como conseguiu isso tudo? – Perguntei completamente estupefato.

– Sim, meu amigo. Venho planejando nossa fuga há tempos e sim, são codornas.

Na parede oposta à porta de entrada da casa havia uma gaiola improvisada com pelo menos uma dúzia de codornas e vários pequenos ovos espalhados desenhavam o piso da gaiola como um desenho infantil.

– Como faz para alimentá-los? Mal temos comida para nós mesmos.

– Venha comigo. – Martha me chamou para a parte dos fundos da casa em um tom professoral bem típico da sua personalidade.

– Aqui eu mantenho uma plantação escondida para que o estado não confisque. Pelo espaço disponível não consigo manter muita coisa, mas é suficiente para os tomates e feijões e também tenho que manter cuidado para que não fiquem muito aparentes. Se o próprio estado não confiscar eu poderia ser roubada. Gostaria muito de poder dividir esses alimentos com todo mundo se eu pudesse plantaria uma fazenda de alimentos para tentar minimizar a fome, mas não seria possível visto o desespero atual das pessoas uma pessoa em estado de inanição é capaz de qualquer atrocidade. Trabalhei muito para transformar essa espelunca em um local razoavelmente sustentável. Aqui consigo filtrar parcialmente a água, ter mais tempo para descanso e manter essa pequena plantação, só assim conseguir traçar um plano de fuga e não posso colocar tudo a perder.

– É simplesmente incrível o que conseguiu fazer aqui Martha. Impressionante como conseguiu manter tudo isso escondido. É um risco que vai além do confisco dos alimentos você sabe disse não é?

– Sim, Wilson eu sei. Provavelmente eu seria encaminhada para a Sibéria, mas resolvi assumir os riscos. Cedo ou tarde ou vamos morrer de trabalhar ou vamos adoecer e parar no lar dos zumbis. Precisamos tentar alguma coisa Wilson isso não é vida.

Cada minuto de convivência com Martha era um tapa na cara, impossível não se motivar perto dela. Estar vivo já era o suficiente para mim, já para ela estar viva não bastava. Ela queria viver.

– Como conseguiu os tomates e os feijões? Não recebemos em nosso pacote quinzenal.

– No lar dos zumbis.

– Mas, é impossível entrar la. É proibida a entrada de pessoas não autorizadas.

– Eu não precisei entrar. Também é proibido criar animais, manter uma plantação, inclusive é proibido você estar aqui agora. Use a cabeça Wilson, sua limitação de raciocínio vai diminuir ainda mais sua expectativa de vida.

– Ok, senhora objetividade. Qual é o plano?

– Vamos entrar, deixei um prato pronto. Você tem dez minutos para comer enquanto isso explico o plano.

– Dez minutos? Até na fábrica temos mais tempo.

– Precisamos de todo tempo possível para descanso. Agora cale essa boca ou morra na fabrica se quiser.

Depois desse argumento entramos os dois, eu estava rendido. Não quero morrer na fábrica.

*

"Um dia todo o seu trabalho duro será recompensado"

Não sei exatamente quem disse essa estupidez, mas é uma das muitas frases motivacionais que ouvimos durante a vida. Ela foi muito usada pelos capitalistas no tempo que se usava a subjetividade e não a força para nos escravizar como nos tempos atuais, porém não posso deixar de reconhecer o feito da Martha com esse local.

Manter a saúde física e mental, produzir alimentos, atender metas surreais em ambientes muito monitorado e ainda guardar espaço no coração para levar três amigos junto e ainda planejar tudo isso nas restritas horas que temos além do trabalho é impressionante. Um trabalho muito paciente de formiguinha e extremamente muito bem executado.

Agora que todos foram dormir eu pude observar mais alguns dos feitos aqui na casa da Martha. Há um pequeno recipiente para filtragem de água. Um local especifico para reutilizar as cascas dos alimentos que sobram para compostagem e alimentar os pássaros, cinzas da espiriteira eram reutilizadas na plantação. Até as penas que se soltam das codornas era colocadas no colchão para aumentar o conforto e descansar mais. O trabalho foi tão bem executado que eu simplesmente não consigo dormir excitado com a idéia de retirar essa desgraça do meu braço que por sinal em pouco mais de trinta minutos teoricamente me despertaria com uma injeção de adrenalina para seguir ao trabalho. Martha vai brigar comigo quando perceber que eu não consegui dormir nada essa noite.

Com exceção do Paulo, nós três estamos em boas condições físicas. Martha e Cléber estão mais aptos eu estou um pouco abaixo fisicamente, mas tenho condições para fuga. Por essa diferença física o plano consistia nos próximos três dias nos reunir aqui secretamente após o expediente para ganhar cerca de 45 minutos de descanso e literalmente comer tudo o que estiver

20

disponível nesse período. Principalmente o Paulo para que ele recupere o máximo possível sua saúde física. Não podemos fazer isso por mais tempo, pois começaria a levantar suspeitas. Principalmente do Roberto que já estava nos monitorando aparentemente.

No quarto dia, vamos realizar todos os procedimentos normais de um dia de expediente, passaremos na casa da Martha ao final para reunir o restante dos alimentos que servirão de suborno para um funcionário do estado chamado Sheyaki, um dos poucos de outra nacionalidade que trabalha em algum serviço considerado essencial. Supostamente ele era peruano.

Sempre achei que fosse um mito pessoas de outras nacionalidades trabalhando diretamente com os russos ou os chineses, mas ele faz parte das forças de segurança do lar dos zumbis e foi o responsável por conseguir os feijões e os tomates para Martha. Aparentemente faz parte do seu pacote de alimentos quinzenal.

Temos quatro horas entre o termino do expediente e o inicio do próximo, levando em consideração que temos que nos apresentar ao trabalho após a primeira hora que a adrenalina é injetada em nossos organismos e o intervalo de mais uma hora no caso de atraso do trabalhado a fabrica, são duas horas até que o estado considere abandono e destaque um agrupamento policial para prendê-lo e transferi-lo para um campo de trabalhos forçados se o trabalhador não for localizado no prazo máximo de 5 horas após as buscas policiais, imediatamente é acionada uma dose letal de adrenalina na corrente sanguínea.

Supostamente Sheyaki conhece uma região próxima a floresta amazônica em que o F2054 não tem efeito, chamada zona morta. Um amigo conhecido apenas como "o médico" conseguiria realizar a retirada do F2054 dos nossos braços, seu único pedido foi uma quantidade considerável de alimentos que a Martha tratou de providenciar e que estivéssemos com a saúde física em dia, pois poderia haver uma perda grande de sangue.

Após a retirada do equipamento poderíamos decidir para onde ir, pois não havia mais como nos rastrear. Havia a possibilidade de ficar na floresta mesmo, mas acho improvável que conseguíssemos sobreviver. Martha e Cléber estão inclinados a essa possibilidade eu por outro lado gostaria de sair da America, mas sei que é um sonho quase impossível. Ninguém tem a menor idéia de como conseguir um navio ou aeronave para outro continente. Já estou feliz com a possibilidade de retirada do F2054 do braço.

Capitulo 3

Devido à excitação com a possibilidade de fugir daqui e retirar o F2054 do braço, junto com a surpresa que tive com a formidável dedicação do Cléber e principalmente da Martha com o plano de fuga, mal consegui fechar os olhos nesse pouco tempo para descanso que temos. Um pouco após finalmente conseguir cochilar comecei a sentir um leve formigamento no braço esquerdo. É o primeiro sinal que em pouco tempo será injetado a dose de adrenalina para iniciar o martírio.

A experiência me ensinou que se eu segurar forte o antebraço e ficar sentado o trauma físico é menor. E assim o fiz, sentei-me na cama segurando o braço e fechei os olhos aguardando a adrenalina, é assim que eu faço quando não estou no trabalho e pelo menos em uma das muitas doses que recebemos durante o dia, não corro o risco de uma convulsão ou choque em algum móvel que possa me ferir.

Assim que minha dose se esvaiu na corrente sanguínea, senti um pouco de falta de ar e aceleração dos batimentos cardíacos. Minhas roupas estavam parcialmente molhadas de suor, mas não tanto quanto outras vezes. Meu corpo esta mais forte apenas com algumas boas refeições. Impressionante.

Quando olhei para os demais, Paulo estava deitado de barriga para cima no chão com a respiração espasmódica e arfante, parecia um trem de carga a vapor tentando subir uma montanha, só que às vezes a respiração se interrompe bruscamente e um momento depois a recupera com uma profunda inspiração pela boca como se estivesse sufocando. A pressão sanguínea começava a fazer pequenas e delicadas veias na sua pele.

Pouco tempo depois, Paulo começou a ser sacudido por contrações musculares, parecia um ataque epiléptico. Seu corpo arqueava até extremos incríveis e suas extremidades chutavam o chão sem controle, até a sua cabeça batia ritmicamente no concreto onde estava apoiada. Não podíamos fazer nada, não havia como retirar a adrenalina do corpo dele.

Levantei-me com um pouco de tontura para tentar ajudá-lo. Porém, Martha me interrompeu.

– Não há o que fazer Wilson. – Ela segurava o braço e tinha uma leve expressão de dor.

– Precisamos ao menos tentar. Não podemos simplesmente deixá-lo assim.

– E o que você acha que seria possível fazer?

Mesmo achando terrivelmente insensível a atitude da Martha, consegui reconhecer seu ponto de vista. Realmente não é possível fazer nada mais do que foi feito. Martha tentou com um esforço real e sincero recuperar as forças do Paulo. Agora essa luta é dele.

– Vamos seu velho maldito! – Cléber se uniu a nós e tentou ao menos com palavras tentar motivá-lo a lutar.

É impressionante. Sinto-me absolutamente impotente. Não sei o que fazer. Estou vendo uma vida humana se apagar diante dos meus olhos e não tenho medicamentos nem meios e nem conhecimento para evitar.

A morte não é como nos filmes, ela é violenta, suja, terrível e muito dolorosa.

Quando encerrou o ataque epilético uma espécie de tique nervoso percorria seu braço esquerdo, onde estava implantado o F2054. O braço se contraía e sacudia como movido por uma descarga elétrica. Então todos os tremores cessaram. Paulo abriu os olhos e morreu assim.

Todos trocamos olhares imediatamente, não era preciso dizer nada. Teríamos que avançar com o plano de fuga.

Os três dias planejados para recuperar as energias seriam ótimos para todos nós, principalmente para Paulo que realmente necessitava, mas infelizmente não houve tempo suficiente para seu corpo já saturado, no limite. Pobre Paulo lutou como um leão por sua vida, mas perdeu essa guerra.

Enterramos seu corpo na pequena área de plantação da Martha. Tentamos realizar o melhor trabalho possível, mas devido ao tempo reduzido, pois temos que nos apresentar na fábrica o trabalho ficou desleixado, porém ainda sim teve o enterro mais digno que se tem noticia. Não há como confirmar a informação, mas aparentemente os mortos são reunidos em um grande container popularmente chamado de super tumbas. Esses quando cheios são simplesmente jogados ao mar.

A dúvida que ficava agora era quanto a Sheyaki. Martha havia comunicado que iríamos em três dias ao seu encontro entregar a pagamento solicitado e dar o fora daqui, mas devido à morte de Paulo teríamos que antecipar para hoje à noite, uma vez que, fazer isso á luz do dia seria uma tarefa praticamente impossível e aguardar os três dias combinados para a conclusão do plano será demasiadamente arriscado, logo os pontos seriam ligados e os russos chegariam até nós. Paulo sempre estava conosco e em breve não seria encontrado em sua casa, quando dessem falta dele na fábrica.

– Vamos seguir com a rotina normal hoje. – Martha tentou retomar o controle emocional ainda limpando as lagrimas pelo amigo falecido.

– E qual é o plano depois disso? – Agora era Cléber que tentava respirar para acalmar o coração e retomar o raciocínio, tanto ele quanto eu confiava totalmente nas decisões da Martha.

– Não se preocupem com a meta hoje, tentem economizar energia. Perdemos muitas horas de descanso com o ocorrido, mas é claro, não fiquem tão longe para não gerar desconfiança. Voltem no final do dia, vamos reunir mais comida que o solicitado para o transporte e torcer para que ele aceite ainda nessa madrugada.

Fazia sentido não bater a meta hoje e economizar energia para fuga. Não estaremos mais aqui para receber o pacote quinzenal reduzido.

– Martha. Estou pronto para seguir todas as suas recomendações e confio no seu instinto para fazer isso dar certo, mas não posso deixar de pensar em uma coisa. O que faremos se Sheyaki recusar realizar o transporte hoje para a zona morta? – Cléber era um brutamonte de primeira, mas seu raciocínio era de um chacal.

– Vamos matá-lo! E a todos que for possível antes de nos pegarem. – Martha respondeu-lhe com tanta naturalidade que tive a sensação que estávamos indo a um parque e caso não estivesse aberto, vamos ao cinema.

– Um momento pessoal. – Tentei acompanhar o raciocínio, mesmo que eu soubesse que nossas chances são mínimas eu não queria simplesmente me jogar em uma missão claramente suicida. Se não houver pelo menos uma chance de dar certo eu prefiro ficar e continuar normalmente com o trabalho e estender o máximo possível meu tempo de vida.

– Ele vai aceitar, teremos muito mais comida que o exigido e nos dias atuais seria o mesmo que ganhar na loteria.

– Eu sei Martha, mas como o Cléber mencionou, também quero trabalhar com a possibilidade da recusa. Como simplesmente mataríamos as forças de segurança? O lar dos Zumbis deve estar armado até o ultimo homem.

– Wilson, talvez você não tenha entendido o que realmente está ocorrendo aqui. Não teremos tempo suficiente para levar o corpo do Paulo até a casa dele para não levantar suspeita, fora que seria impossível levá-lo até lá sem que sejamos capturados no caminho. Caso a gente decida seguir com a vida normalmente, não levariam 48 horas para que o corpo dele seja descoberto aqui e todos nós seriamos enviados para a Sibéria, isso com sorte, porque provavelmente vão nos acusar de conspiração e nos condenar a morte. O fato é. Ou morreremos hoje ou no máximo em dois dias, não há mais volta, mas caso o senhor precise se sentir mais seguro antes de tentar, pegue isso. – Martha caminhou lentamente até uma pequena mesa improvisada com madeiras velhas e retornou com uma faca.

A vida humana é um poço de incógnitas. Ainda essa semana, despertei com a dose de adrenalina praguejando de dor e sonhando com um mundo diferente desse que vivemos, mas nunca fiz absolutamente nada para mudá-lo. Assim que surge uma oportunidade de sair enfim desse inferno, oportunidade essa criada por uma pessoa que teve a disposição necessária para ao menos tentar, estou seriamente inclinado a desistir.

Certa vez li em algum lugar ao que me parece a um milhão de anos que o que a vida realmente quer da gente é coragem, mas segurar essa faca e aventar a possibilidade de matar alguém para sobreviver foi uma carga emocional maior que eu poderia agüentar e vomitei como nunca antes, coisa que nem o F2054 fora capaz de fazer.

*

O trabalho na fábrica teoricamente seguiu seu rito normalmente. Toneladas de projeteis vazios empilhados e entregues nas imensas esteiras de borracha que passavam por nossas bancadas. O cheiro contínuo de pólvora, funcionários andando de um lado a outro, como leões estressados quando muito tempo presos em jaulas. Mas alguns acontecimentos deixaram meu dia expressivamente mais difícil.

A ansiedade do que está por vim é surpreendente e me massacrou o dia inteiro, minhas mãos sempre trêmulas por vezes deixaram cair meu material de trabalho o tilintar das munições anda vazias ao encontro do chão, me causavam arrepios. Em breve, os disparos reais que esvaziariam essas munições poderiam ser direcionados a mim.

Cada dose de adrenalina injetada no meu organismo fazia-me lembrar do Paulo, que nesse exato momento estava enterrado no quintal da Martha.

Após extenuantes horas de trabalho pude perceber uma movimentação atípica na sala dos inspetores e estranhamente Roberto foi chamado.

– Wilson? – Martha também percebendo que havia algo errado aproximou-se.

– Eu percebi. O que faremos? – De maneira discreta, Cléber também se aproximou de modo que estávamos agora os três quase lado a lado tentando elaborar secretamente alguma estratégia sem chamar muita atenção.

– Por enquanto acelere a produção, talvez tenhamos tirado muito o pé.

– Acho que não Martha. Esse Roberto está nos monitorando desde que iniciamos o trabalho hoje. – Disse Cléber visivelmente preocupado.

– Porque não me avisou droga? – Martha tentou repreende-lo sem alterar o tom de voz.

– Eu precisava de uma oportunidade inferno, só consegui agora que ele foi chamado.

– Pessoal, se acalmem. Logo chamaremos a atenção de todos aqui desse jeito. – Tentei apaziguar um pouco as coisas, apesar de o meu coração estar subindo pela garganta.

– Certo. Vamos nos acalmar. Essa movimentação atípica dos inspetores pode ser por causa do Paulo que não compareceu.

Assim que a Martha terminou seu raciocínio um comboio militar chegou a fabrica. Imediatamente retornamos ao trabalho como se nada estivesse acontecendo.

Roberto saiu com um ar satisfeito da sala da inspeção e retornou ao trabalho normalmente. Tive vontade de questioná-lo e confesso que por pouco não o agarrei pela gola do uniforme e enforquei-o ali na frente de todos, somente por causa daquele sorriso irônico de canto de boca que ele sustentava desde que saiu da sala da inspeção, mas consegui me segurar. Claramente estou perdendo o controle.

Todos nós seguramos e levamos a duras penas até o fim do expediente.

Cléber, como não é de se espantar, bateu a meta com certa facilidade. Martha ficou bem próxima como já havia planejado e seu pacote quinzenal de alimentos será reduzido em 50% o que sabemos que não fará a menor diferença eu por outro lado fiquei tão longe da meta que me causou bastante preocupação, ainda mais, com Roberto aparentemente de olho em todos os nossos passos. Há uma possibilidade de a minha penalização ser maior que a simples redução nos alimentos.

Na saída de pés arrastados e exaustão, novamente Roberto veio a meu encontro.

– Olá, Wilson! Você está bem? Percebi sua dificuldade com a meta hoje.

– Sim, estou. – Tentei respondê-lo como se estivéssemos tendo uma simples conversa trivial.

– Você ficou bem longe do objetivo hoje e não me parece ser um problema físico. Nos últimos dias sua aparência está bem mais sadia.

O desgraçado realmente esta nos vigiando pensei comigo mesmo. Está descaradamente especulando sobre a minha rotina.

– Obrigado! Agora me desculpe eu preciso ir. Como você mesmo notou, tenho que aproveitar todo tempo disponível de descanso para manter essa boa aparência.

– Está certo! Descanse bem Wilson para que possa retornar amanhã e alcançar seus objetivos.

Filho da puta lambe botas! – Pensei novamente, mas não disse nada, mas tinha uma pergunta que não poderia de maneira alguma deixar passar.

– Qual é o seu objetivo Roberto?

– Quero sair daqui assim como você. – Respondeu sem cerimônia.

Uma tensão silenciosa instalou-se entre a gente. Olhei para os dois lados para me certificar que ninguém havia ouvido essa resposta inconseqüente dele. Não havia duvidas. O filho da mãe descobriu o plano, mas aparentemente não seria possível para ele descobrir qual seria o dia da fuga ou não estaria especulando dessa forma. Todas as conversas que eu tive com o grupo que tentará fugir foram na casa da Martha, longe dos seus ouvidos.

– Não sei do que está falando. – Respondi enquanto imediatamente virei às costas para encerrar logo essa perigosa conversa que poderia nos comprometer fatalmente.

– Sabe sim Wilson! Tão bem quanto eu. – Disse a minhas costas e não pude evitar que uma onda de cala frio percorresse todo o meu corpo.

– Nos vemos logo mais Roberto. – Tentei dar um tom debochado a resposta para passar a impressão que realmente não sabia nada do que ele estava falando.

– Claro. Vemo-nos logo mais. – Disse enquanto gargalhava.

*

Acho que irei sucumbir à pressão.

No caminho para a casa da Martha, tive um mal estar muito grande.

Fiquei com o corpo tremulo durante todo o expediente e agora me parece que terei um ataque cardíaco. Algo no meu subconsciente me diz que estou vivendo minhas ultimas 24 horas de vida.

Adoraria que a vida fosse como aos filmes, em que um paciente com seja lá qual seja sua enfermidade recebe o diagnostico médico que não terá muitos dias pela frente, então decide sair por ai curtindo a vida adoidado.

Pula de bungee jumping, compra o vinho mais caro, ofende o vizinho, sai para uma noitada, como o que quiser. Mas, aqui no mundo real, na terra dos vivos, mal temos tempo de sonhar.

Passei minhas prováveis ultimas horas de vida trabalhando. Sentindo dor, fome e medo. Assim como milhares de outros trabalhadores, humilhados e esgotados, com a energia corporal extinguindo e o espírito quebrado. Agindo no automático. Por terem ar nos pulmões seguem em frente esperando findar o tempo.

Em teoria eu supostamente tive mais sorte que muitos outros trabalhadores. Bem ou mal, saber ou ter uma quase certeza do futuro que se avizinha da à oportunidade de refletir um pouco sobre a minha própria natureza. Muitos morrem de forma repentina, enquanto estão trabalhando ou sentados em suas privadas ou simplesmente acordam com a maldita dose de adrenalina, tomam um copo d'água, comem uma barra de cereais e logo em seguida sobem em uma cadeira e enrolam em seus pescoços uma corda improvisada de lençol e saltam.

No final das contas a natureza humana resume-se em sofrimento desde o dia do nascimento até o ultimo suspiro, deixando de herança um pacote de carne e ossos para serem devorados por vermes.

Assim que cheguei à casa da Martha eu estava com os batimentos cardíacos relativamente controlados, mesmo sabendo que todo tempo ganho ao final do expediente era crucial, diminui o passo no caminho ou teria um ataque cardíaco antes de chegar à zona morta.

– Ficou maluco seu imbecil? – Martha me recepcionou de maneira bem sutil.

– Desculpe pela demora. Foi necessário.

Ela sequer se dignou a questionar qual foi à necessidade, simplesmente me olhou de maneira furiosa que faria corar qualquer psicopata. É compreensível sua raiva. Ela se dedicou muito para que tudo desse certo, só temos a mínima possibilidade de vitoria graças a ela.

– Pelo amor de Deus! Vai ficar ai parado? – Mexa-se cara de rato, comece a recolher toda comida. – Cléber com seu estilo sempre muito educado me despertou da inércia com um tapa na cabeça que me assustou pra valer.

– Certo. Estou indo.

Comecei a recolher a toda velocidade os alimentos que encontrei. Batatas, cenouras, arroz, ainda havia um pouco de milho e coloquei tudo dentro de um grande saco de estopa que encontrei. Os tomates e os ovos ficaram em um canto para colocá-los ao final e garantir que chegassem ao seu destinatário em bom estado.

Cléber estava cuidando das codornas. Imaginei que fosse um erro deixar a cabo a tarefa de recolher animais tão frágeis com um sujeito bruto como ele, mas estava fazendo tudo de maneira surpreendentemente com calma e zelo. E o melhor, de maneira rápida. Com movimentos ágeis com as mãos ele laçava a pequena gaiola com cerca de seis codornas com um barbante para que a porta que as mantinham presas lá não abrisse no caminho e, entre o barbante encaixava algumas lascas de madeira para que mesmo de maneira precária escondesse o conteúdo da gaiola.

Esse sujeito não para de me surpreender. Se por ventura sobrevivermos a essa odisséia, passarei a ter um pós conceito das pessoas e não um pré conceito como tenho feito ao longo de toda a minha vida. Não sei exatamente como surge esse comportamento errático que eu e muitos outros temos. Pode ser fruto de um imenso sofrimento na qual passamos durante toda a vida ou simplesmente a natureza elementar nata dos seres humanos serem cruéis e egoístas.

Martha estava ocupada coletando cuidadosamente água em um filtro que ela mesma criou, composta por algodão, carvão, areia fina e pedras. Tudo isso devidamente alocados em uma garrafa. Não faço a menor idéia de como ela conseguiu esse material, tampouco, as garrafas que estava enchendo com a água. Isso agora não importa. Com sorte teremos bastante tempo para conversar com tranqüilidade sobre todos os detalhes nunca explicitados desse plano desde a sua concepção.

O trabalho realizado em conjunto realmente apresenta resultados melhores como dizem. Duas cabeças pensam melhor que uma e realmente estou feliz pela companhia de tão distintas pessoas.

Quando terminamos, em tempo recorde há de se registrar de recolher tudo o que fosse possível nos encaminhamos para o pequeno quintal na parte de trás da casa da Martha e prestar nossos respeitos a Paulo. Todos em silencio olhamos por um breve momento a cova rasa do nosso falecido amigo.

Imagino que cada um seguiu seu próprio rito de despedida. Eu preferi me lembrar de sua luta pela vida. Mesmo debilitado nunca desistiu nem em sua ultima dose de adrenalina. Ele realmente lutou como um leão seguiu as orientações da Martha, tentou descansar e comer muito sempre que possível para ficar forte e seguir ao nosso lado com o plano de fuga, mas por fim, não resistiu. Mesmo que não tenha vencido essa batalha sua força de vontade o fez um vencedor e usaremos seu exemplo para lutar até o fim e honrar o seu nome.

Despedimo-nos, recolhemos tudo que preparamos e saímos para o inicio do plano, mas assim que cruzamos a porta de entrada da casa tivemos uma surpresa tão impactante que todos imediatamente deixamos cair nossos pacotes no chão. Meu inconsciente ignorou o perigo e comicamente pensou. Droga! Quebrei os ovos.

Parado como uma gárgula na frente da casa estava Roberto, com um sorriso no rosto e uma arma na mão.

*

Jurei no tumulo do Paulo que lutaria até fim para honrar o seu nome, mas na primeira dificuldade pós promessa que tenho, minha vontade é de simplesmente abandonar a honra e correr a toda velocidade na direção contraria ao perigo. Eu realmente não tenho fibra para toda essa pressão.

Ao contrario da minha pessoa, sobrava fibra em Martha e aparentemente concentrou-se em resolver o impasse.

– O que está fazendo aqui?

– Pretendo descobrir em breve minha querida, vocês que vão responder. O que pretendem fazer com tanta pressa e esses pertences? – Roberto a respondeu com aquele tom irônico que me fazia querer socá-lo até a morte.

– Nós vamos fugir daqui e se você sonhar em abrir o bico, eu pessoalmente vou esganar você até que as minhas mãos se toquem. – Cléber não estava para brincadeira, sabia que morrer agora ou daqui a pouco dava quase na mesma e o ameaçou com voz baixa, mas firme, entrando no jogo.

– Calminho ai, grandão! Até parece que não sou em quem está segurando uma arma.

– E por acaso você imagina que é um matador profissional? Como supõe que vai conseguir acertar nós três antes que te alcance?

Imediatamente após ouvir sobre a possibilidade de ser baleado ali mesmo, tentei intervir. A situação estava ficando fora de controle.

– Pessoal, que loucura é essa? Usem a cabeça. – Tentei acalmar a situação sem muita esperança de sucesso.

– Olha ele ai! Senhor Roberto. Você estava certo quando mencionou que nos encontraríamos logo mais.

– Eu me referia ao trabalho Roberto, agora abaixe essa arma. O que pensa que está fazendo?

– Eu pretendo ir embora com vocês, simples assim. Acham mesmo que eu quero ficar aqui e minguar até a morte?

– Como descobriu onde eu moro? Ou melhor, como conseguiu essa maldita arma? – Agora Martha com a guarda mais baixa fazia as perguntas.

– As duas coisas eu consegui com a mesma pessoa o inspetor cara de rato e por sinal, adorei a criatividade de vocês com o apelido.

– Mentiroso! É impossível conseguir até conversar com eles, mas você conseguiu informações de outro funcionário da fabrica e ainda por cima uma arma de fogo? – Acho que Cléber não conseguiria manter a calma durante muito tempo

– Sim. – Roberto respondeu de maneira monossilábica e realmente seu constante deboche para responder a qualquer pergunta é insuportavelmente irritante.

– Explique logo como caralho conseguiu ou ficaremos os quatro aqui até que a dose letal de adrenalina seja injetada. – Martha com a maior paciência do mundo sentou-se no chão e aguardou uma resposta convincente.

– Ok, mas o que tenho para dizer pode não ser totalmente agradável para ouvir.

– Desembucha! Estamos perdendo um tempo precioso. Faça valer à pena.

– Suponho que vocês já viram o inspetor fazer anotações quanto ao seu amigo Paulo. Certo?

– Sim.

– E Paulo não estava em suas melhores condições físicas e mentais, correto?

– Exatamente. Qual a relação do inspetor com tudo isso?

– Digamos que o inspetor tenha gostos peculiares e estava investindo em Paulo. Conseguem entender onde quero chegar ou preciso dar mais detalhes?

Pobre Paulo, ele estava debilitado, pois provavelmente recusou as investidas do cara de rato e teve seu pacote de alimentos propositalmente.

– Não é necessário mais detalhes, seja breve. – Tentei por um fim logo a essa conversa para seguir adiante com o plano.

– Paulo não estava debilitado pela idade, eu sou mais velho que ele apesar de não parecer e foi isso que me salvou de não ser escolhido. Não tenho aparência muito velha que é exatamente o fetiche daquele filho da puta. Assim que percebi que Paulo não iria ao trabalho, fui até o inspetor e entreguei o que ele queria, não entrarei em detalhes. A arma e o arquivo com o endereço peguei na sala dele sem que percebesse. Vejam bem, eu só quero sobreviver assim como vocês.

Não há mais o que ser feito, não podemos ficar aqui discutindo e gastando tempo que não temos. – Novamente tentei encerrar essa conversa e esperei pela validação da Martha.

– Certo. Você vem com a gente, mas terá que seguir exatamente todas as instruções. Sem surpresas. Certo?

– Combinado.

– Se tentar algo, lembre-se que eu vou pisar na sua cabeça até seus miolos saírem pelo nariz, entendeu? – Cléber não estava para brincadeiras.

– Prefiro a proposta de me esganar grandão.

Achei a piada engraçada, mas como Cléber não moveu um músculo sequer da face, achei prudente não esboçar nenhum sorriso.

Martha, por sua vez, simplesmente recolheu suas coisas do chão e começou a caminhar. Todos fizeram o mesmo, cada qual com seus pacotes.

Finalmente vamos ao encontro de Sheyaki. Que Deus nos ajude, ou quem quer que seja.

*

Caminhamos até o ponto de encontro tentando apressar o passo pelo tempo de atraso que tivemos com a minha demora e com a fatídica conversa com Roberto. O que me causou alguns desconfortos musculares, mas nada demais.

Ficamos atrás em um barranco que escondia uma pequena vala com cerca de 2x2m. Deus sabe qual o motivo dessa vala aqui, mas tenho minhas desconfianças, mas por hora foi suficiente para nos esconder.

Eu, Roberto e Cléber ficamos na vala, enquanto Martha foi ao encontro de Sheyaki com a metade do que reunimos como propina a outra parte ficou conosco para forçá-lo a aceitar.

Não sei quanto tempo leva até a Zona morta, não sei a que distancia fica. Droga, eu não sei nada sobre quase nada, estou aqui com uma quase crise de pânico confiando na minha amiga Martha e rezando para todos os Deuses que eu me recordo o nome para que esse plano dê certo.

Segundo Sheyaki na dita Zona morta será possível realizar a retirada do F2054 do braço, pois nessa região não tem monitoramento, tal procedimento será realizado por um sujeito conhecido apenas por "o médico", Mas para que tudo isso dê certo, precisamos chegar até a região antes da dose letal de adrenalina. Tenho receio dessa demora no retorno da Martha.

– Cléber, o que faremos?

– Por enquanto, nada! Só temos que esperar.

– Sim, mas ela está demorando e não temos muito tempo.

– E qual é o plano Wilson?

– Como assim plano?

– Que outra opção tem se não, esperar?

Cléber tinha razão, nem sabemos onde fica essa região, nossas vidas literalmente estão nas mãos de um completo desconhecido.

Roberto estava pacientemente com um pequeno graveto rabiscando o chão, alheio ao mundo externo não aparentava desconforto ou nervosismo e isso me deixou ainda mais preocupado. O revolver que carregava está visivelmente à mostra em sua cintura, como não conseguiu planejar uma fuga ou articular nada, sua chave para a salvação é usar de violência. Sendo os russos ou tecnicamente fogo amigo, a tendência é que nas próximas horas a coisa fique realmente ruim.

Após alguns momentos de desespero aguardando, Martha retornou acompanhada de Sheyaki. Os cabelos dele eram longos e negros como o fundo de um poço e estranhamente havia um brilho de vitalidade diferente dos nossos que são sebosos e mal cuidados, uma vez que, só recebemos uma vez a cada quinze dias uma barra de são grosseira feita de cinzas como item de higiene pessoal. Seus olhos eram igualmente negros e levemente puxados, conferindo-o uma aparência indígena, meia altura talvez 1,70m e pele acobreada como alguém do extinto oriente médio.

– Senhores, é chegada à hora. Caso alguém queira desistir o momento é esse. Daqui para frente não haverá mais essa possibilidade. – Foram as primeiras palavras ditas por Martha em seu retorno. Confesso que tive a vontade de desistir e sair correndo o mais rápido possível. Talvez, se eu retornasse ao trabalho teria uma mínima chance de sobreviver. A covardia faz parte da minha natureza. O orgulho é algo absurdo, mas quando é a única coisa que nos resta em uma situação desesperada, transforma-se em nosso maior valor.

Todos ficaram calados deixando entender que não haveria desistência.

– Ótimo! Vamos em frente. Teremos que caminhar cerca de uma hora antes de chegar a uma picape que está escondida. Abasteçam o carro com o restante das coisas que trouxemos. – Sheyaki apontou para os pacotes no chão e Martha confirmou com a cabeça sem dizer nada, então todos começaram a caminhar.

*

O percurso que levaria aproximadamente uma hora para ser feito, realizamos em 40 minutos. Não foi preciso pedir agilidade, todos nós sabíamos da gravidade de nossa situação e a tensão da proximidade da morte automaticamente despertou a vontade de correr.

Quando chegamos ao carro, uma MitsubishiL200 4x4 que deveria ser branca, mas de forma intencional estava suja como a sola de um sapato. Encostado na porta ao lado de fora do carro havia um rapaz também com aparência indígena, mas grande como um lutador de braços cruzados. A primeira metade das coisas que trouxemos estava na carroceria, o que deixa a entender que este sujeito foi o responsável por ter levado.

Jogamos o restante das coisas na carroceria e subimos. Cléber e eu juntos com os pacotes, enquanto Martha, Roberto, Sheyaki e o

36

gigante este o motorista entraram no carro. Com uma pisada forte no acelerador ele começou a dirigir.

Estamos física e mentalmente exaustos depois de tudo que vivemos nas ultimas horas, e nossos novos companheiros não parecem estar particularmente comunicativos, tentei iniciar uma conversa com Cléber, mas esse parecia ter sido contagiado pelo silencio. Com uma expressão muito desconfiada, observava com olhos semicerrados o caminho que a picape deixava para trás a toda velocidade com um rastro de poeira.

Passados talvez uns trinta minutos da partida, conseguimos vencer uma boa distancia. Não sei se estávamos próximos do nosso destino, mas a habilidade e a velocidade na direção do gigante mudo, me fez ficar novamente com aquela sensação de confiança. Talvez, pudesse dar certo toda essa loucura de fuga e chegaríamos a tempo na zona morta, porém de repente, ouvimos tiros! Foi possível ver na escuridão da noite uma rajada de luzes em brasas subindo ao céu, eram disparos de alerta.

O gigante mudo freou bruscamente a Mitsubishi chacoalhando a todos e levantando uma enorme nuvem de poeira até parar. A tensão estava me dando ânsia de vômito e novamente tive um pensamento completamente aleatório e me encontrei preocupado com as codornas.

Ficamos em silencio por alguns instantes, tentando pensar em qual seria o próximo passo. O gigante desligou o carro e dessa forma ficamos em uma escuridão quase total, iluminados somente por uma fraca luz da lua.

Assim que a poeira começou a dissipar, uma nova rajada de disparos foi realizada, mas dessa vez esses traços luminosos que antes haviam subido em direção ao céu, deslocaram-se em nossa direção. Pude perceber claramente elas se aproximando como em câmera lenta. O barulho do impacto na lataria da picape foi quase ensurdecedor naquele absoluto silencio, mas serviu como um apito para o inicio de uma corrida.

O gigante imediatamente ligou o carro e disparou em fuga a toda velocidade. Eu apenas abaixei na carroceria e encobri a cabeça com um dos pacotes de arroz que eu mesmo enchi na casa da Martha. Sei que um disparo de fuzil passaria por aquele saco de arroz como uma faca a manteiga, mas os instintos que todos temos em situações de extremo perigo nos fazem abaixar, fechar os olhos proteger a cabeça.

Rezei baixinho enquanto chorava de medo para que tudo terminasse logo. Fiquei abaixado como uma criança talvez, três minutos. Tudo aconteceu muito rápido, então, o carro parou junto aos sons dos disparos.

Primeiro imaginei que o carro havia parado por algum dano ocasionado com os disparos, havia um cheiro intenso de fumaça no ar, mas quando enfim, me levantei percebi o que ocorreu. O carro parou em um posto de controle russo.

Foram somente três minutos, mas o carro ficou furado como uma peneira. Quatro soldados russos com cara de poucos amigos caminharam em nossa direção com os canos pretos da HKs apontados em nossa direção. Pelo movimento que faziam com os braços percebi que queriam que todos descessem do carro, a gritaria em russo era completamente ininteligível.

Cléber estava deitado de lado com as costas virada para mim, então tentei em vão sacudi-lo com os pés para alertá-lo sobre a ordem russa para descer, mas ele não se moveu e uma onda de cala frio percorreu toda a minha coluna. Ele estava deitado em cima de uma poça de sangue espesso e muito vermelho. Lancei-me imediatamente em sua direção e o virei de barriga para cima, debaixo de uma enxurrada de gritos ininteligíveis dos russos tivemos a primeira derrota desde o inicio da fuga. Cléber estava morto. Um dos disparos havia acertado seu peito onde abriu uma grande flor vermelha de carne e sangue.

Com uma forte coronhada que abriu um corte na minha cabeça o russo me retirou a força do carro puxando pelos cabelos.

– Кто-нибудь здесь говорит по-русски?

(Alguém aqui fala russo?). – um dos soldados se dirigiu ao grupo falando de maneira relativamente calma.

– Кто-нибудь?

(Alguém?).

Repetiu, mas recebeu somente silencio como resposta. Com certeza, nenhum de nós sabia o idioma e pelo medo que estávamos sentindo naquele momento não conseguiríamos responder nem mesmo em nosso idioma nativo.

– Como assim quem sabe falar russo? Droga! Atire logo neles eu tenho um acordo com o seu chefe. – Roberto interrompeu a tentativa de comunicação do soldado aos gritos.

– Você não da ordem aqui.

Percebi duas coisas nesse instante. A primeira, o desgraçado do russo fala português e segundo, o Roberto nos traiu, esse por sua vez, ficou imediatamente calado, seu pequeno revolver não era páreo para os fuzis.

– Para onde está indo? – novamente o russo se pronunciou retomando o contato calmo e controlado.

– Para a zona morta. – para a surpresa de absolutamente ninguém, Martha tomou a frente das conversas. Foi somente nesse momento que percebi que havia um sangramento no seu braço.

– Não existe zona morta.

– Então vamos para um lugar que não existe. – é impressionante a coragem dessa mulher, mesmo com quatro longos canos de HKs apontadas em sua direção ela não desviou o olhar e encarou os soldados. Aparentemente isso era fruto de admiração por eles, pois o soldado sorriu satisfeito.

– Você já está em um lugar que não existe. Levante-se. – Ele respondeu a Martha e acenou com a cabeça para que outro soldado a ajudasse a levantar.

– Estão de brincadeira porra! – Roberto novamente gritou, mesmo que estivesse armado e tecnicamente ao lado dos soldados russos ele aparentava muito mais nervosismo que a Martha.

Depois de mais essa interrupção por parte do Roberto, aconteceu algo que me assustou mais que o som dos disparos contra a lataria da picape.

Como quem pretende apenas cortar o fruto de uma arvore, o soldado russo retirou facão com cerca de 40 cm de um coldre preso a lateral da sua calça. Ergueu acima da cabeça deixando completamente visível o prateado de sua arma branca, virou-se rapidamente na direção de Roberto mirando-lhe diretamente sua cabeça. Ele se assustou com o movimento repentino do Russo e no puro reflexo defensivo deu um passo para trás tentando sair do alcance do facão, mas caiu sentado no chão.

– Eu tenho um acordo com o seu chefe, você será enforcado por isso! – Ele gritou assustado e sacou sua arma apontando para o russo que tentou acertá-lo, mas outro soldado que assistia pacientemente a contenda, simplesmente explodiu a mão do Roberto com um disparo de fuzil. Ele imediatamente começou a urrar de dor, enquanto os outros soldados gargalhavam.

– я должен убить его?

(Devo matá-lo?).

– Net.

(Não).

Uma vez que a contenda aparentemente fora resolvida o soldado virou-se para a gente e reiniciou as tratativas.

– Você! – Disse apontando o dedo pra mim. Nesse momento meus intestinos viraram água.

– Sim senhor.

– Você tem trinta segundo para ir até o carro e pegar tudo o que conseguir.

Sem questionar quanto ao tempo, levantei com dificuldade e corri até o carro. Minha mente estava a mil por hora. A visão do corpo do Cléber, vai me assombrar eternamente, mas na há tempo para lamento. Com sorte em breve, poderemos nos despedir adequadamente, mesmo que provavelmente sem o corpo.

Revirei como pude todos os pacotes que deixamos na carroceria da picape, mas quase tudo acabou danificado pelos disparos, peguei duas garrafas de água, cada uma com um litro e todas as barras de cereais que pude carregar.

Um disparo de alerta para o alto soou como um disparo de canhão naquele quase absoluto silencio com exceção dos gemidos de dor de Roberto.

O susto que levei com o disparo, fez com que eu deixasse cair algumas barras no chão, mas ignorei e voltei correndo como um possesso ao encontro do restante do grupo. Claramente havia ali uma linha tênue entre a vida e morte de acordo com o humor daquele soldado do facão.

– O restante é todo nosso e lembrem-se. Vocês não estão em lugar nenhum. Agora podem ir.

– Desgraçados! Vocês serão enforcados por isso eu pessoalmente vou me encarregar de jogar seu corpo em uma super tumba. – Roberto ainda não tinha percebido que esse grupo de soldados era mais corrupto do que ele.

O soldado apenas olhou para Roberto com seus olhos incrivelmente azuis e desdenhou da ameaça cuspindo no chão.

– Precisamos de mais coisas, não vamos sobreviver sem elas. – Sheyaki tentou agurmentar corretamente com eles. Realmente sem essas provisões nossas chances de sobrevivência seriam drasticamente reduzidas.

O soldado novamente nada disse, mas sua expressão facial era de cansaço e como resposta ele levantou o cano de sua HK e estourou a cabeça de Sheyaki com um disparo certeiro na testa. Pedaços de cérebro e ossos do crânio salpicaram nossas roupas e dessa vez não pude conter o vomito.

– Vão embora! – um grito em português com um forte sotaque russo nos despertou do choque.

Martha foi até o corpo de Sheyaki e revistou seus bolsos. Claro ela nada encontrou, mas já tinha percebido que sem as provisões teríamos bastante dificuldade. Havia estranhamente um clima de simpatia dos soldados com ela, provavelmente a coragem que ela demonstrou provavelmente nos salvou, então, o Gigante mudo, ela e eu começamos a correr, mas apenas alguns segundos que começamos a nos distanciar do grupo de soldados começamos a ouvir sons de gritos e facadas.

*

Temos por volta de seis horas desde o termino do expediente até a dose letal de adrenalina por não ser encontrado em casa após a falta ao trabalho. Subtraindo todo o tempo gasto nessa pequena odisséia que já enfrentamos até aqui, provavelmente teremos pouco mais de duas horas para chegar à zona morta. Ou seja, em apenas uma hora já receberemos a primeira dose que nos desperta para o trabalho e a próxima já será a letal.

Corremos como possessos na maior velocidade que nossos corpos fragmentados permitiam. Tive câimbras varias vezes nos últimos dez minutos, estou com vertigens e com o corpo muito fraco.

Martha continua como não sendo desse planeta e mantêm um ritmo de marcha cadenciado e firme. O gigante permanece ao seu lado aparentemente com mais facilidade ainda, está com ótima condição física e estou ficando para trás e provavelmente não vão parar para que eu acompanhe.

Corri até o limite do meu corpo, mas ele não suportou e enquanto via meus amigos afastando-se cada vez mais de mim até parecerem somente dois pontos no horizonte, percebi o chão se levantando rapidamente.

Essa dor que me aflinge agora chega a ser bonita, mas é uma maldição por um desejo não satisfeito de fugir da minha realidade. Deveríamos ter consciência que as despedidas são diárias, principalmente em tempos como esses cada momento, cada segundo, mas não existe despedida antecipada. Quando ela chega, simplesmente bate na porta e te leva. Simples assim. Gostaria do fundo da alma de conseguir escapar daqui, mas não consigo mover mais um músculo, acho que minha despedida está batendo na porta e está na hora de ir.

– Levante-se!

...

– Levanta! – essa voz gutural me acertou um golpe no rosto, que não consegui distinguir pela fraqueza que sentia se foi um chute ou um soco.

– Eu simplesmente não consigo. – respondi com os olhos semicerrados e percebi que era o Gigante que estava falando comigo, afinal de contas ele não era mudo.

– Como se chama? – O gigante perguntou enquanto me colocava sentado no chão.

– Wilson. Percebi que não sei o seu também. Onde está Martha?

– Meu nome é Alonso e a Martha está aqui do lado. Levante-se estamos próximos.

– Próximos?

– Sim. Olhe.

Quando meus olhos se adaptaram com a quase completa escuridão, pude perceber a não mais de duzentos metros um grande conjunto de árvores, não restavam mais duvidas. Finalmente conseguimos chegar à floresta amazônica.

A velocidade quase suicida que o gigante conduziu até aqui e depois essa dolorosa caminhada desde o patrulhamento russo fizeram com que chegássemos a tempo, ou talvez não.

Com uma ultima sacudida espasmódica dos músculos, consegui me levantar e imediatamente Martha enfiou uma barra de cereal na minha boca e me deu uma garrafa de água que não tinha mais que um gole disponível.

– Beba! Essa é a ultima dose de água que temos disponível, estamos bem próximos de chegar Wilson, agüente firme. Lute pela sua vida. – Martha estava visivelmente abatida e emocionalmente abalada, é a primeira vez que a vejo assim. Seu coração de ferro está chegando ao limite.

Agradeci com um movimento de cabeça e bebi até a última gota da água disponível, enquanto tentava controlar a respiração, mas um formigamento bem conhecido começou em meu braço esquerdo.

– Droga! Imaginei que teríamos mais tempo. – exclamei com profunda preocupação.

Todos nos sentamos novamente aguardando a bomba de adrenalina ser injetada em nossos organismos em alguns segundos.

– Meu Deus me ajude! Martha eu não vou resistir, vai acontecer comigo o que houve com o Paulo. Estou fraco demais para agüentar mais uma dose de adrenalina. – Nesse momento deixei o orgulho de lado e chorei de maneira histérica como uma criança assustada.

– Acalme-se Wilson. Pelo contrario, essa dose de adrenalina pode ser a sua salvação, ela te dará as forças necessárias para chegar até a zona morta.

Pela primeira vez na vida, agradeci a Deus por ter aquela invenção baseada nos estudos de um jovem indiano no braço. Se essa dose de adrenalina não me matar agora, terei energia para continuar em frente até a zona morta, porém, se não conseguirmos chegar até ela em uma hora a próxima dose será letal de qualquer forma.

A moeda do destino foi lançada, ou terei mais uma hora de vida ou, terei a vida inteira pela frente. Sem trabalhos extenuantes, dor, medo, fome, humilhação. Preciso continuar!

Fomos sacudidos com aqueles trinta segundos eternos e logo Martha e Alonso estavam de pé. Não consigo parar de me surpreender com a resistência dela. Claramente estava cansada, ou melhor, exausta. Mas seu ritmo nunca arrefecia.

Alonso sem grandes dificuldades limitava-se em apenas sacudir a roupa para tirar a poeira, como se estivesse somente perdido o equilíbrio com um escorregão inocente. Eu por outro lado senti um alívio tremendo quando abri os olhos e percebi que estava vivo, porém uma dor lancinante me atacava o peito.

De maneira artificial sentia-me mais disposto, mas havia algo errado com o meu corpo. Claramente estou chegando ao limite físico.

Seguimos em frente e vencemos os últimos metros até a floresta.

– Alonso. Podemos chegar a tempo? – Perguntei na intenção de preparar a mente para os meus prováveis últimos sessenta minutos de vida.

– Teremos que ser rápidos. – Respondeu-me com aquela voz gutural que teria assustados os russos agora pouco.

À medida que caminhávamos mata adentro a quentura abafada e úmida da floresta aumentava, junto a ela a minha sede. Se não precisássemos correr pela vida, seria possível procurar um riacho ou uma nascente d'água ou até mesmo beber o próprio orvalho das folhas, mas infelizmente essa hipótese teria que ser descartada. A visibilidade está muito baixa e só conseguimos caminhar com a alguma velocidade graças ao conhecimento que Alonso tem da mata e uma lanterna que ele possuía.

Meu peito não para de doer e está me preocupando muito. Caso não consiga mais caminhar serei deixado para trás. Meus amigos não terão tempo sequer de me socorrer, pois a vida deles também depende de chegar a tempo na zona morta.

Essa dor que me aflinge chega a ser bonita, mas é uma maldição por um desejo ainda não satisfeito de fugir da minha realidade imposta.

Deveríamos ter consciência que as despedidas são diárias, cada momento, cada segundo, mas, não existe despedida antecipada. Quando ela chega, simplesmente bate na porta e entra.

Caminhamos mais alguns instantes com o coração subindo pela garganta. Não sei quanto tempo temos, mas sei que estamos bem próximos do fim. Até que chegamos a uma clareira na floresta, onde havia uma encosta e apoiando com dificuldade pelas raízes que delam saíam subimos até o topo e por fim chegamos.

Descemos pelo barranco e do outro lado havia dois indígenas com cara de poucos amigos. Estavam nus e com os corpos completamente pintados com uma tinta vermelha muito forte e viva. Ambos portavam arco e flecha.

– Eis a zona morta. – Alonso disse apontando para os indígenas e junto a Martha começaram a se aproximar.

Fui obrigado a segui-los, minha mente estava a mil tentando compreender o que estava acontecendo. Não podemos perder um minuto sequer.

Ficamos todos de frente um para o outro. De um lado os dois indígenas que nada diziam e do outro nós três trocando olhares.

Após alguns segundos de tensão, com um aceno de mão do Alonso os indígenas abaixaram seus arcos e a tensão reduziu consideravelmente, um deles o deixou de lado e pegou um pequeno machado de mão que estava em cima de umas pedras ao redor, mas não o ergueu em nossa direção.

– Alonso o que esta acontecendo, Onde está a zona morta? – Martha perguntou claramente confusa com o que estava acontecendo e preocupada com o tempo.

– Está ali! – Ele apontou para uma grande fenda no chão que estava logo atrás das pedras próximo aos indígenas. Mesmo que a nossa visibilidade tenha melhorado bastante com a luz da lua nessa clareira eu não tinha percebido tal fenda, distraído com a visão pitoresca de dois indígenas prontos para guerra.

– O que faremos agora? Onde está o médico droga!

Alonso nada respondeu, apenas estendeu as mãos até o indígena o segurando pelos ombros. Após alguns instantes fez o mesmo com o outro, apenas segurou-o pelos ombros sem nada dizer abaixando a cabeça.

– Meu nome é Alonso, filho dessa terra. Meu pai cresceu e caçou aqui e antes dele o seu pai. Sou irmão de Sheyaki também filho dessa terra. Fomos capturados pelos russos quando saímos da floresta e obrigados a aprender seus costumes destrutivos, passei fome e fui escravizado para aprender. Meu irmão contraiu uma divida com vocês, mas agora está paga. Trouxemos vocês à zona morta e da floresta não sairei mais.

Alonso pronunciou tais palavras com entonação decidida e sua característica voz grave, como quem quer se explicar. Novamente acenou com a cabeça para os indígenas e caminhou lentamente para a borda da grande fenda e pulou.

Os indígenas não moveram um músculo sequer para impedi-lo, mesmo que estivem ao alcance das mãos.

O choque que sentimos com tal cena foi tão grande que em um movimento sincronizado de pavor, Martha e eu, levamos à mão a boca para evitar um grito, então um formigamento começou no braço esquerdo.

O indígena que havia deixado seu arco e flechas no chão levantou o machado acima de sua cabeça e em um golpe rápido e com pericia, decepou meu braço. Antes que eu pudesse perder os sentidos, pude ver o segundo indígena lançar meu braço decepado na zona morta, enquanto ouvia os gritos da Martha sendo operada pelo médico.

*

O sol a pino dardejava raios de fogo sobre as areias. A natureza sofre a influencia da poderosa irradiação tropical.

Os pequenos índios brincavam a sombra das arvores com alguns ossos de aves. Ali próximo uma indígena entoava canções suaves enquanto abria um coco com uma pedra, embaixo da tenda que estava seu marido repousava após uma excursão de caça, embalando-se em uma rede macia.

Martha estava sentada a sombra fresca do pomar, entre murmúrios do vento e o farfalhar das folhas. Levantou-se com dificuldade apoiando-se em seu único braço restante e começou a caminhar mata adentro.

A quentura abafada e úmida fazia o suor escorre-lhe o rosto, o céu escondido pela copa das arvores, a luz do som que atravessando a densa folhagem mostrava um padrão rendado de luz e sombra. O som de milhares de criaturas conversando entre si, cantos lúgubres dos pássaros, assobios festivos, asas batendo, o som relaxante da água abundante, sapos coaxando, gritos histéricos de macacos.

Caminhou pacientemente de volta a zona morta e colocou na borda algumas flores que colhera no caminho. Havia marca de sangue para todo lado e uma pequena fogueira já apagada, abastecida somente com cinzas e carvão que foi utilizada para cauterizar a amputação. Pobre Wilson pensou. Quase conseguiu, mas seu corpo estava fraco demais e o médico após constatar sua morte o jogou na zona morta. Pensou alguns instantes em todos os seus amigos que perdeu no caminhou e decidiu retornar a mata.

Caminhou um pouco até um riacho e sentou-se a sombra para refresca-se do calor intenso e descansar o corpo ainda fraco em recuperação. Ficou ali parada na mata apenas ouvindo, vendo e

46

cheirando. Os cheiros eram a melhor parte. Cheiro de vida, verde terroso, frutado. Sentia-se especial, diferente, filha da floresta.

Seu corpo parecia reconhecer o que via, reagia aos sons das paisagens aos cheiros. Era como voltar para o lar ancestral. Estava ligado aquele lugar como se os cipós, galhos e ramos, os "cabelos" da floresta estivessem grudados a ela desde o seu nascimento e a acompanhavam até onde o destino, ou a intervenção humana no destino a levou e pela primeira vez na vida após o seu nascimento chorou. Estava novamente conectada a sua natureza.

Brasília, 27/12/2022

Sobre o autor

Maykon Alves nasceu em Brasília, em 1988, escreve desde os 14 anos de idade. Fã de literatura fantástica participou das antologias intituladas: "2054 - Contos futuristas"; "Próxima estação" e "Moedas para o barqueiro - Volume II", organizadas pela editora Andross e da Antologia "Monstruosos" pela editora Persona.

Obras

Conheça os meus livros. Eles abordam as diversas dimensões do ser humano e suas relações diante de um mundo em constante mudança. Os textos transitam da ficção científica e do drama ao suspense psicológico, comédia, romance e terror.

Burnout

Enquanto ouve as humilhações diárias do chefe e as piadas maldosas de seu puxa-saco oficial no escritório, um homem precisa conter seus impulsos violentos. Filho pequeno, boletos chegando e uma selva cheia de animais ferozes da porta para fora do apartamento recém-financiado. Essa é a historia de Marlon que, um dia, decidiu que não seria apenas mais um cidadão comum que vive para pagar suas contas.

Farejadores: Eles podem sentir o seu medo.

Era mais um dia frio que o alegrava. Trabalhava em um banco e estava feliz com isso. Até o dia que recebeu uma visita ilustre solicitando seus serviços. E desde então, passou a lutar para que sua morte não seja apenas uma questão de tempo. Essa é a historia de Gilberto, mas também de toda humanidade.

Antologia de um homem só

O livro reúne contos selecionados pelo autor que abordam as diversas dimensões do humano e suas relações diante de um mundo em constante mudança. Os textos transitam da ficção científica e do drama ao suspense psicológico, comédia e terror.

Máquinas sentimentais

Qual a relação entre a pandemia de covid19 com a invasão da Rússia a Ucrânia com a própria natureza humana? Descubra com a odisséia que Wilson irá enfrentar nessa aventura. Em um mundo distópico, todos os seres humanos adultos são obrigados a implantar chips que injetam adrenalina no corpo para aumentar a produtividade.

Burnout
MAYKONTOS
Literatura de ficção

ANTOLOGIA DE UM HOMEM SÓ

MAYKON ALVES

Máquinas
sentimentais
MAYKON ALVES

https://linktr.ee/farejadores.oficial

Facebook: maykontos.literaturadeficcao.7
Instagram: @Maykontos
Twitter: @Maykontos
Tiktok: @Maykontos

9 798371 595201